PIADAS DE SACANEAR TRICOLOR

PIADAS DE SACANEAR
TRICOLOR

Recontadas por Luís Pimentel
Ilustradas por Amorim

MYRRHA

Mauad X

REVISÃO
Graça Ramos

Coleção Piadas de Sacanear
Marca Registrada por **Myrrha Comunicação Ltda.**

P699p

Pimentel, Luís, 1953
Piadas de sacanear tricolor (para alegria de botafoguense, flamenguista e vascaíno) / recontadas por Luís Pimentel;
ilustradas por Amorim. - Rio de Janeiro: Mauad X : Myrrha, 2008.
il. - (Piadas de sacanear)

ISBN 978-85-7478-287-4

1. Fluminense Football Club - Anedotas. 2. Futebol - Anedotas. 3. Humorismo brasileiro. I. Amorim (Ilustrador). II. Título. III. Série.
CDD: 869.97
CDU: 821.134.3(81)-7

Myrrha Comunicação
Av. Marechal Câmara, 160/401
CEP: 20020-080 – Castelo –
Rio de Janeiro/RJ
021 – 2220.4609
myrrhacomunicacao@gmail.com

Mauad Editora
Rua Joaquim Silva, 98 – 5° Andar
CEP:20241-110
Lapa – Rio de Janeiro/RJ
021 – 3479.7422
mauad@mauad.com.br

Dizem que o tricolor não é corajoso o suficiente para ser flamenguista, louco o bastante para ser vascaíno, nem maluco que chegue para ser botafoguense.

(Luís Pimentel)

Entre as dez maiores torcidas? Só rindo muito da pretensão!

Para quem pensa que o Fluminense começou a dar vexame em 2008 – quando levou os pobres torcedores (na verdade, pó-de-arroz é tudo bicho muito rico!) a acreditarem que poderiam ganhar a Taça Libertadores da América –, uma informação: a história é antiga, vem desde o comecinho do século 20, quando o timinho foi criado.

O site oficial do tricolor registra que eles estão entre as 10 maiores torcidas do país. Como assim? É claro que na frente deles estão Flamengo, Corinthians, Vasco, Palmeiras, Botafogo, São Paulo, Bahia, Atlético Mineiro, Grêmio, Internacional, Vitória, Sport, Cruzeiro, Náutico, Fortaleza (só aqui, muito mais de dez!) etc, etc, etc. Então, a informação é uma fraude explícita.

Voltando à história, sem fugir das fraudes, tudo começa no dia 21 de julho de 1902, quando um suíço maluco chamado Oscar Cox, cansado de fabricar e consertar relógio, resolveu fundar um tal de Fluminense Football Club, numa sede localizada no número 51 da Rua Marquês de Abrantes, no Flamengo (nasceu, portanto, sob boa inspiração, mas não acreditou), no Rio de Janeiro.

Elitista desde os seus primórdios, a torcida que sempre comeu sardinha frita e arrotou caviar é considerada a mais metida a besta dos estádios. O tricolor teve, entre seus sócios e freqüentadores, representantes das famílias mais tradicionais do Rio de Janeiro. É só o curioso leitor dar um pulinho na sede das Laranjeiras: arquitetura, engenharia e estrutura européias, para abrigar quem vive apanhando em português, foi à segunda divisão em português, à terceira em português e vive ensaiando, a cada Campeonato Brasileiro, a cartilha do rebaixamento.

Oscar Cox chegou da Suíça, em 1897, com a idéia de formar um time de futebol (não é verdade que a sua intenção era formar um "timinho"; aconteceu depois). A primeira camisa do time era nas cores cinza e branco. Só mais tarde foi trocada pela tricolor. Não deveriam jamais ter mexido; o cinza representa melhor o passado, o presente e o futuro sempre nublados do tricolor das Laranjeiras.

Quando começou a disputar campeonatos no Rio, o Fluminense era o único time arrumado como time (Flamengo, Vasco, Botafogo, América, Bangu etc vieram depois). Só jogavam contra aglomerados de atletas de fim de semana. Resultado: ganhavam todas as taças e por isso é que estavam, em 2008, empatados com o Flamengo em número de títulos conquistados. Covardia, né não?

Não há como negar que pela história, quase sempre perdedora, do Flu já passaram craques maravilhosos como Castilho, Píndaro, Pinheiro, Altair, Amoroso, Pintinho, Flávio, Rivelino, Samarone, Renato Gaúcho e tantos outros. Mas, coitados, não conseguiram fazer grande coisa: a camisa sempre atrapalhou.

Desde sempre, o tricolor foi motivo de boas piadas. Neste livro, uma seleção das mais significativas.

ENTERRO

Torcedores do Flamengo, do Vasco e do Botafogo estão batendo papo no bar, quando um cara chega, pedindo um donativo:

– Vocês podem colaborar com cem reais, para ajudar a enterrar um tricolor?

Galera, solidária, resolve fazer uma vaquinha gorda e um deles anuncia:

– Leva quinhentas pratas e enterra logo uma dúzia!

MINIGAY

Pequeno torcedor do Flu, muito mimado, levou uns catiripapos de um pequeno rubro-negro, na escola. Voltou pra casa chorando e foi se queixar ao pai:

– Pai, um menino torcedor do Flamengo me bateu.

– Ele é maior ou menor do que você? – perguntou o pai.

– Menor, pai. Bem menor.

– Então, por que você não bateu nele também, meu filho?

– Ah, pai... porque ele é tão lindo!

DÁ-LHE, FLUZONA!

Um tricolor faz confidências ao melhor amigo:

– Minha mulher grita muito quando faz sexo.

– E qual é o problema?

– Deve incomodar a vizinhança, porque às vezes eu escuto lá das Laranjeiras.

FOFO!

Dizem que, além de rico, torcedor do Fluminense costuma ser muito bobo. Daí que um deles estava na cama com a mulher, quando se dá o seguinte diálogo:

– Fofo?! – diz a mulher, enquanto se enrosca nele.

– Quié, mô?

– Compra um radinho pro seu docinho?

E o fofo pó-de-arroz:

– E qual é o rádio que você quer ganhar, benzinho?

– Ah!... Pode ser um daqueles que têm um carro por fora...

CONFORME A MÚSICA

Tricolor chega em casa com uma caixa na mão, presente para a mulher. Ao abrir a caixa, ela retira um rádio e, com cara de insatisfeita, diz para o marido bobalhão:

– Amor, já temos tanto rádio em casa. Para que mais um?!

– Este é um rádio muito especial – diz ele. – Você fala o tipo de música que quer escutar e ele toca!

A mulher do tricolor começa a testar o rádio. Diz:

– Forró!

E o rádio começa a tocar:

"Por isso eu vou pra casa dela, ai, ai, falar do meu amor por ela, ai, ai..."

– Bossa nova!

E o rádio:

"Olha que coisa mais linda, mais cheia de graça..."

– Funk!

"Quer dançar?! Quer dançar?! O tigrão vai te ensinar!"

– Pagode!

"Deixa a vida me levar, vida leva eu..."

A mulher fica muito feliz, larga o rádio e corre para dar um abraço no pó-de-arroz. Nisso, tropeça, cai, e, muito brava, grita:

– Merda!

Imediatamente o rádio começa a tocar:

"Sou tricolor de coração, sou do time tantas vezes campeão..."

SEMELHANÇAS

Quais as semelhanças entre o Titanic e o Fluminense?

Os dois eram grandes e foram a pique. Ambos já tiveram varias versões da tragédia. Mesmo sendo uma superprodução, os dois afundaram.

SEPARAÇÃO

Bate-papo entre dois atletas tricolores, nas Laranjeiras, pouco antes do treino:

– Hoje eu decidi tomar uma das mais importantes decisões da minha vida.

– É mesmo? Que decisão é essa?

– Vou me separar!

– Acho uma boa decisão! Você já devia ter tomado essa atitude há mais tempo. A tua mulher realmente é uma vagabunda, dá pra todo mundo. Metade dos jogadores aqui já dormiram com ela.

E o outro, de boca aberta:

– Pô, cara, eu estava pretendendo me separar do clube...

TRI-CO-LOOOO-REEEEES!

Estavam três bichinhas tricolores conversando sobre o que queriam ser, se pudessem escolher.

A primeira então, disse:

– Eu queria ser uma bola de futebol!

– Bola de futebol?! – perguntaram as outras duas graciosas, com as fuças forradas de pó-de-arroz.

– Uma bola de futebol, sim. Imaginem eu, num campo de futebol, 22 homens me disputando, correndo atrás de mim e dois homenzarrões me agarrando! Ai! Eu ia ficar louca.

A segunda, então, disse:

– Eu queria ser um campo de futebol!

– Campo de futebol? –perguntaram as outras duas bichinhas.

– Claro! Imaginem só, aqueles mesmos 22 homens me pisando o tempo todo, caindo em cima de mim com aquelas camisas suadas. Ah!... Seria o máximo!!!

Aí foi a vez da terceira:

– Vocês não sabem é de nada! Eu queria era ser uma ambulância!!!

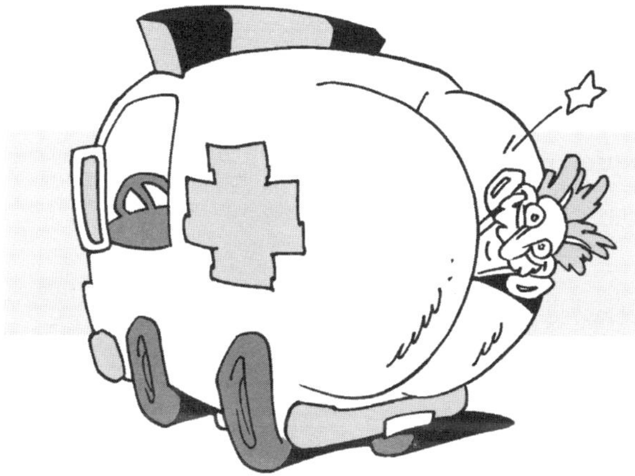

– Ambulância??? – interrogaram as outras tricolores, incrédulas.

– Uma ambulância mesmo! Imaginem só eu na minha, quietinha... Aí vêm dois enfermeirões, me abrem toda por trás, enfiam um homem todinho dentro de mim, e eu saio pela cidade gritando igual a uma doida:"UAUUAUUUUAAAUUUAAAUUAU!"

BOLA DIVIDIDA

DELICADOS

– Sabe por que torcedor do Fluminense não gosta de tomar banho?

– Para não estragar a maquiagem, nem o pó-de-arroz.

EVOLUÇÃO TRICOLOR

Lotação máxima na sede das Laranjeiras, para a posse de nova diretoria do Flu.

– Quando tomei posse na presidência, este clube estava à beira do abismo – comentava com um assessor o presidente recém-eleito do tricolor.

Puxa-saco que só ele, o assessor do homem não perdeu a oportunidade:

– É verdade, presidente. Mas, graças ao seu talento, o clube já conseguiu dar um passo à frente.

DESCARRILAMENTO

– Como foi que você morreu? – pergunta São Pedro ao flamenguista que acabara de chegar no céu.

– Por causa de um trem – responde o morto.

– Como assim? Descarrilamento?

E o flamenguista, rindo bastante:

– Que nada, São Pedro. Eu estava com a mulher de um tricolor, mas aí o maluco perdeu o trem...

DIÁLOGO CASEIRO

FILHO:
– Pai, por que o senhor sempre fala que eu tenho que torcer pelo Fluminense?
PAI:
– Porque o Fluminense é um dos maiores times do Brasil, meu filho. E tem o maior número de títulos cariocas.
FILHO:
– Juntamente com o Flamengo, né, pai?
PAI:
– É, filho, tá certo, cacete.
FILHO:
– Quando foi nosso último título brasileiro, pai?
PAI:
– Em 1984, filho.
FILHO:
– Último e único, né, pai?
PAI:
– É, é, mas isso não importa.

FILHO:
– Mas o Flamengo foi campeão brasileiro cinco vezes, não foi, pai?
PAI:
– Grandes merdas!
FILHO:
– Calma, pai. Eu sou tricolor. Estou só constatando... E o título de campeão da Libertadores da América, pai, nós temos quantos?
PAI:
– Nenhum, por enquanto.

FILHO:
– Mas em 2008 quase que a gente chega lá, não foi, pai?
PAI:
– Nem fala, filho, nem fala. Chegamos até à final!
FILHO:
– Quando demos o maior vexame em pleno Maracanã, não foi, pai?
PAI:
– Mais ou menos, porra! Demos azar! Fomos roubados! Temos um timão!!!
FILHO:
– Quantas vezes mesmo nós já fomos rebaixados, pai? Segunda divisão, terceira divisão?...
PAI:
– Seu filho da puta!! Tá de castigo!!!
FILHO:
– Mãe, pode ficar tranqüila, se o pai sabe de tudo isso e ainda continua tricolor é porque ele gosta de ser enganado e nem desconfia que eu sou filho do vizinho...

O HINO, NÃO!

O bebê começa a chorar no meio da madrugada. Preocupado, para não acordar os vizinhos, o pai tricolor pega o bebê no colo e começa a cantar o hino do Fluzão para ele voltar a dormir.

Toca o telefone, a mulher atende e depois fala:

– Querido, os vizinhos pedem que você pare de cantar essa porra desse hino horroroso. Preferem o choro.

DIETA

– Por que mulher e filhos de tricolor jamais passam fome?

– Porque têm sempre um pastel em casa.

NÃO DIGA!

– Tricolor foi passar um fim de semana em São Paulo, para ver de perto a parada do orgulho gay que é, segundo ele, "animadérrima, muito mais chique do que a carioca".

Foi de carro, se distraiu olhando a exuberância da Avenida Paulista, e avançou o sinal.

O guarda mandou parar, se aproximou e fez o pedido clássico:

– Cadê a carta (pois é, carteira de motorista em Sampa é "carta")?

E o pó-de-arroz, nervosíssimo:

– Gente! Eu fiquei de lhe escrever?

DIFERENÇA

Casal de velhinhos do bairro de Laranjeiras, trajando suas camisas tricolores, no banco da Praça da General Glicério.

De repente, a velhinha vira um tapão na cara do velhinho e diz:

– Esse foi pelos cinqüenta anos de sexo ruim!

O velho fica pensativo e, de repente, sapeca um tabefe na cara da velhinha. E grita:

– E esse é por você saber a diferença!

QUE MASSAGEM!

Dois amigos tricolores se encontram à saída do Maracanã, após mais uma derrota do time deles.

– E aí, meu amigo, como é que vão as hemorróidas?

– Melhoraram bastante.

– Boa notícia. Proctologista novo?

– E maravilhoso! Faz um toque retal mais emocionante do que gol do Fluzão.

– É mesmo? E qual é o método dele?

– Fico de quatro, o doutor põe a mão direita no meu ombro direito e a mão esquerda no meu ombro esquerdo. E com o dedo faz uma massagem na próstata que é uma maravilha.

O outro se assusta:

– Peraí, mermão! Se as duas mãos do médico ficam em teu ombro, ele faz a massagem com que dedo?

E o pó-de-arroz das hemorróidas, perplexo:

– Ih, cara! Sabe que eu nem tinha pensado nisso?...

PÓ-DE-ARROZ EM CRISE

Minitricolor completa 9 anos e o pai lhe pergunta:

– Filho, você sabe como nascem os bebês?

O pequenino neurótico começa a gritar:

– Não quero! Não me digam! Chega de decepção!

O pai não entende aquela reação típica de pó-de-arroz em crise. E pergunta:

– O que aconteceu, meu filho? Por que esse desabafo?

O molequinho começa a explicar:

– Aos cinco anos descobri que não existe coelho da Páscoa. Aos sete descobri que não existem Papai Noel, fadas madrinhas, sereias, saci-pererê. Aos oito descobri que, ao contrário do que sempre pensei, o time do Fluminense é uma boa porcaria, que me iludiu com a promessa idiota de ser campeão da Libertadores! Agora, só me falta mesmo descobrir que os adultos não trepam!

O PRÓPRIO

Um tricolor jovial pergunta a um senhor, em um bar, nas imediações das Laranjeiras:

– Perdão, posso estar lhe incomodando, mas o senhor é torcedor do Fluzão, não é verdade?

– Sim, como você sabe? – responde o outro, muito impressionado.

– Não sei... Me dei conta pelo seu porte garboso, sua segurança, seu olhar valente, sua voz firme, sua camiseta verde e grená com este garboso escudo do pó-de-arroz desenhado no peito...

RETOQUES

– Sabe por que em jogos de domingo a torcida do Fluminense chega sempre atrasada?

– Porque antes de ir para o estádio eles têm que passar no salão, para retocar a maquiagem.

PERGUNTAR NÃO OFENDE

– Se um tricolor e um flamenguista se jogam de um edifício, quem chega primeiro?

– O flamenguista, porque o pó-de-arroz vem lentamente, jogando beijinhos a todos os moradores, pelas janelas.

DESCONTROLE

Essa é do tempo em que o Renato Gaúcho andou treinando e pavoneando o Fluminense. O tricolor contratou uma professora de psicologia para fazer uma palestra sobre saúde mental, pois a rapaziada, como sempre, andava nervosa e sendo expulsa com freqüência de campo.

Falando especificamente sobre maníacos-depressivos, pois depressão é uma doença típica de tricolor, ela perguntou:

– Qual seria o diagnóstico de uma pessoa que caminha para trás e para a frente, gritando a plenos pulmões por um minuto e, depois, senta numa cadeira chorando incontrolavelmente?

Um dos jogadores levantou a mão e respondeu:

– Seria o nosso técnico, professora?

O QUE É, O QUE É?

– Uma boneca sozinha?

– Apenas uma boneca.

– Duas bonecas?

– Uma despedida de solteira.

– Três bonecas?

– Uma festa de formatura.

– Quatro bonecas?

– Quarteto muito alegre a caminho do jogo do Fluminense.

GENIAL, SEU GÊNIO!

Certa vez, um diretor de futebol do Fluminense, ex-craque do passado, estava correndo com dois jogadores no Aterro (não pode escrever que é "do Flamengo", que dá azar), quando avistou uma estranha garrafa. Desconfiado, e pensando que fosse uma garrafa de cachaça consumida na concentração, parou para conferir o conteúdo.

Ao lado de seus dois comandados, um atacante e um beque, o dirigente retirou a tampinha e de dentro da garrafa surgiu um gênio, que disse:

– Normalmente eu concedo três desejos. Mas hoje, como estou de saco cheio, vou conceder um desejo a cada um de vocês. E sejam breves. O que você deseja? – completou o gênio, apontando para o atacante.

– Eu quero estar em uma festa com os meus amigos em uma ilha deserta, com onze louras espetaculares, milhares e milhares de dólares no bolso e um batalhão de criados para nos servir do bom e do melhor para o resto da vida.

O gênio estalou os dedos e o atacante tricolor foi atendido em um segundo.

– E agora, o que deseja o beque?

O becão não deixou por menos:

– Eu quero um iate de luxo numa praia da Europa, uma cama redonda com uma loura, uma mulata, uma ruiva, uma moreninha, e muito dinheiro e champanhe, enquanto escuto um grupo de pagode daqueles bem chatos.

O gênio estalou os dedos e o becão foi atendido em um segundo.

– Agora é sua vez! – disse o gênio, para o dirigente do Flu. – Ordene que eu obedeço!

E o diretor, na bucha:

– Quero trazer esses dois palhaços de volta para a concentração, imediatamente!

BOLA DIVIDIDA

VEXAMES

Lembram do vexatório e risível sonho da Libertadores da América, em 2007? Pois o tricolor jogou uma partida no Paraguai e um jogador do time foi sorteado para o exame antidoping.

Entrou em desespero. Na véspera, ele tinha escapado da concentração e passara a noite no cassino do hotel, na maior farra.

Quando saiu o resultado, o funcionário encarregado do exame o chamou num canto e disse:

– Tenho más notícias.

– Pode contar, estou preparado.

– O uísque era falsificado!

MÁ FAMA

– Qual a diferença entre um tricolor e uma pilha?
– A pilha tem lado positivo!

TORCIDA MAIOR

Tricolor, como se sabe, morre de inveja de flamenguista, pelo fato de o Mengão ter a maior torcida do Rio e do Brasil.

Daí que o torcedor do Flu estava na sala de espera da maternidade, pois seria pai pela primeira vez, e estava eufórico:

– Oba! Vai nascer mais um tricolor para aumentar a nossa torcida! Em breve vamos ultrapassar os rubro-negros!

O feliz papai estava distribuindo charutos, junto à porta com uma bandeira do "Fluzão" pendurada, quando apareceu o obstetra:

– Pai, temos duas notícias. Uma boa, outra ruim.

O fanático pediu logo a boa notícia. O médico disse:

- Parabéns! O senhor é pai de trigêmeos!

O papai pulou de alegria, pois seriam três tricolorezinhos a mais. E não apenas mais um.

– Mas, doutor, e a notícia ruim?

– É que eles nasceram com o escudo do Flamengo no peito!

OLÍMPICOS

Tricolor conheceu uma linda moça e decidiu se casar logo com ela (são todos assim, muito afoitos).

Ela disse:

– Mas não sabemos nada um sobre o outro!

Ele respondeu:

– Não há problema, nós nos conheceremos com o tempo.

Ela concordou. Casaram-se e foram passar a lua de mel num luxuoso resort.

Certa manhã, estavam ambos recostados, junto à piscina, quando ele se levantou, subiu no trampolim de 10 metros, realizou uma perfeita demonstração de todos os saltos que existem e voltou para junto da esposa.

Ela disse:

– Que coisa incrível! Você é um craque na piscina!

– Fui campeão olímpico de saltos ornamentais pelo Fluminense – disse ele. – Não falei para você que nos conheceríamos com o tempo?

Nisso, ela se levanta, entra na piscina e começa a nadar, ida e volta, em impressionante velocidade.

Depois de 30 voltas ela sai e vai recostar-se junto ao marido, sem demonstrar nenhum cansaço.

Ele disse:

Estou surpreso! Você foi nadadora olímpica?

E ela, com a maior naturalidade:

– Não! Fui puta em Veneza e atendia em domicílios...

PAVIO CURTO

Tricolor, exibicionista como todos, conhece uma gata na noitada de uma dessas boates da Zona Sul que eles freqüentam, e logo leva ela pro motel.

Já instalados no apartamento, ele tira a camisa pólo com o ridículo escudo do timinho no peito, deixa o seu bíceps à mostra e diz:

– Isso são 80 quilos de dinamite!

Mostra o abdômen e diz:

– 100 quilos de dinamite!

Depois tira a calça, mostra as coxas e diz:

– 120 quilos de dinamite!

Enfim, tira a cueca samba-canção, verde e grená, e a mulher sai correndo pelos corredores do motel, gritando:

– Evacuem o motel ... o meu quarto está lotado de explosivos e o pavio é curto!

OUTRAS CORES

Tricolor volta para casa, depois de assitir a mais uma derrota do seu time, doido pra dar um trato na esposa. Tudo encontra-se na mais completa escuridão. Vai ao quarto e encontra a esposa choramingando na cama, reclamando de dor de cabeça. Tira a camisa do Flu, no escuro mesmo, fazendo carinhos na mulher.

– Não, querido, hoje não. Estou para morrer de dor de cabeça. Nem acenda a luz, que qualquer luzinha me irrita.

– Então, querida, vou pegar um remedinho na sala.

– Nãão, amor. Não me acenda nenhuma luz, por favor. Vá até a farmácia do seu Zé e compra um remédio pra mim, vá.

O marido, assustado, pega a camisa, no escuro mesmo, e corre para a farmácia:

– Seu Zé, me vê um remédio para dor de cabeça, urgentemente, que minha mulher está para morrer, gemendo na cama.

– Tudo bem, mas me responda uma coisa: o senhor não é tricolor?

– Sou, e daí?

– O que está fazendo com essa camisa do Flmengo?

GRITO ANIMAL

Um tricolor pergunta ao seu amiguinho rubro-negro:

– Quer ver o meu pai imitar um lobo?

– Sim, quero ver!

E o moleque grita para dentro de sua casa:

– Papai, lembra da última surra que o Flu levou do Mengão?!

E o pai, lá dentro:

– UUUUUUuuuuuuuuuuhhhhhhhhh....!!!!

ALMA TRICOLOR

O papai tricolor, todo orgulhoso, leva o filho para treinar nas Laranjeiras e diz ao treinador das categorias de base:

– Quero integrar o meu filho nas equipes juvenis.

– De acordo – diz o treinador. – Porém, o que sabe fazer o garoto?

O pai responde, cheio de si:

– Nada. Só fica parado no meio do campo, deixa que os outros lhe roubem a bola, não corre, não sabe onde ficam as traves e, se o time adversário marca um gol, ele amarela.

– Perfeito – diz o treinador. Não temos que ensinar mais nada!

CABEÇA DE VENTO

Dizem que um famoso atleta gaúcho, que fez sucesso no tricolor com um certo gol de barriga e depois como treinador (quando achou que tinha talento e time até para ganhar a Libertadores), falava demais nos treinos, mas só dizia besteira.

Com pose e pinta de galã, o cara fazia o maior sucesso com as "Marias Chuteiras", mas só saía besteira na hora de dar uma entrevista. Certo dia, durante exame médico de rotina, ele perguntou ao médico do clube:

– Doutor, o que o senhor achou na minha radiografia da cabeça?

Depois de examinar bastante o Raio X, o médico foi sincero:

– Não achei nada, rapaz. Nada, nada, nada.

FILHINHO DE TRICOLOR

O Fluminense, como se sabe, por razões históricas e históricas, tem muito torcedor metido a besta. Alguns jovens tricolores, apesar de bobos, se consideram filhos de "otoridade", deputado, senador, quando não, desembargador.

Um policial militar parou um bostinha desses outro dia, na Rua Pinheiro Machado, em frente à sede do clube, e solicitou os documentos. Com o nariz empinado e todo cheio de soberba, e se achando o rei do mundo, o moleque pó-de-arroz falou:

– Você, por acaso, sabe quem é o meu pai?

O policial, rubro-negro, sem perder a calma nem a verve carioca, respondeu:

– Não sei! Mas talvez sua mãe saiba...

FILHINHA DE TRICOLOR

Não são apenas os meninos, não. As meninas, filhas de tricolores, também são insuportáveis, se acham as tais. Sabem como é que a filhinha do tricolor sai do motel?

Toda metidinha...

FRANCAMENTE!

Uma mulher muito bonita entra na delegacia do Catete, gritando:

– Polícia! Polícia!... Um tricolor me violentou!

– E como você sabe que era um tricolor? – pergunta o delegado.

– Só podia ser, doutor... eu precisei ajudar!

CORNO CHATO

Tricolor se arrumou todo para ir a São Paulo, ver a última surra que o seu timinho levou do Palmeiras. Mas perdeu o avião e voltou pra casa, antes da hora em que era esperado.

Não deu outra: pegou a mulher dele com o amante, na cama. Abriu a porta, deu de cara com a cena e berrou:

– Que significa isso?

Ao que a mulher, virando–se para o rubro-negro que tava na cama com ela, falou, sem paciência:

– Não te disse que este chato pó-de-arroz custa a entender as coisas!?...

INACREDITÁVEL!

Era uma vez um tricolor doente (pleonasmo?), que se chamava Inacreditável. Um dia ele adoeceu mesmo, para morrer, chamou a mulher e disse:

– Meu bem, eu passei a vida inteira sendo chamado por este nome idiota. Por favor, escreve o que você quiser no meu túmulo, faz o epitáfio que você quiser, bota retratinho, mas, por favor, não ponha o meu nome. Eu não quero levar este nome para a eternidade.

A mulher fez–lhe a vontade e botou lá no túmulo, debaixo do retratinho, o epitáfio: "Aqui jaz um torcedor que foi Fluminense a vida inteira!".

Não deu outra: todo mundo que passa, lê o epitáfio e diz:

– É inacreditável!

PERDÃO

Torcedora do Flamengo era casada com um tricolor (coisas da vida). Um dia o marido fugiu de casa e a mulher escreveu uma faixa enorme, que pregou no muro das Laranjeiras e no meio da torcida do Fluzão, no Maraca:

FULANO, NÃO VOLTE E TUDO ESTARÁ PERDOADO!

ESCAPOU

Para não pagar a consulta, o atleta do Fluminense resolveu levar a mulher, que era muito boazuda, ao Departamento Médico do clube, pedindo ao doutor que quebrasse o galho.

O médico do time mandou a mulher do jogador tirar a roupa para exames e ficou alucinado. Ela era demais.

Depois de horas de exames, bolinando aqui e apertando ali, o médico já estava malucão quando autorizou a boazuda a se vestir. Na despedida, o homem de branco já com água na boca, ela resolve perguntar:

– Doutor, será que eu escapo?

O médico olhou para a salinha de espera, onde o marido ficara esperando, e detonou:

– Desta vez, sim, porque a senhora veio acompanhada.

VONTADE

Voltando do Maracanã, depois de mais uma daquelas derrotas consagradadoras rumo à segunda divisão, um torcedor tricolor diz para o outro:

– Você é meu amigo e companheiro de infortúnios há muitos anos, devo te confessar: estou com vontade de transar com a tua mulher novamente.

O outro quase enfia o mastro da bandeira tricolor no amigo, mas respira fundo e pergunta:

– O quê? Você já transou com a minha mulher?

– Não. O que é isso, cara? Nunca, mas é que na semana passada eu tive a mesma vontade.

MANCHETE

Primeira página de jornal, daqueles dias em que o Fluminense andou beijando a lona, apanhando de gato e de cachorro, firme e forte na zona de rebaixamento do Campeonato Brasileiro:

TRICOLOR PROÍBE ESPOSA DE VESTIR TOMARA-QUE-CAIA!

BOLA DIVIDIDA

COMPATIBILIDADES

A mulher do tricolor resolve se separar dele.

O juiz pergunta a razão para a separação.

– Compatibilidade de gênios – responde ela.

O juiz estranhou :

– A senhora deve estar querendo dizer incompatibilidade de gênios .

– Não, meretíssimo, é compatibilidade mesmo – diz ela. – Eu sou tricolor, meu marido também é. Eu gosto de passear, meu marido também gosta. Eu gosto de ir ao cinema, ele também gosta. Eu gosto de pizza aos sábados, ele também gosta. Eu gosto de homem, ele também gosta. Assim não dá!

NADA VEZES NADA

– Sabe o que significa um tricolor em cima de uma bicicleta, segurando um cruzeiro na mão?

– Nada! Pois bicicleta não é meio de transporte, cruzeiro não vale mais nada e tricolor não é gente.

INSEPARÁVEIS

Aqueles dois eram amigos inseparáveis e torciam pelo mesmo time, o Fluminense. Iam juntos ao Maracanã e jogavam bola todos os sábados, no timinho do bairro cuja camisa era, naturalmente, tricolor.

Agora a amizade de tantos anos estava acabando ali, com a doença terminal de um deles.

– Zé, vou sentir muita falta de você, Zé. Mas ainda te peço um último favor, mesmo depois de você morrer. Eu preciso saber se tem futebol nesta tal vida depois da morte, Zé, você me conta?

– Está bem, prometo que, assim que morrer, volto e te conto.

Quinze dias depois de Zé morrer, Jorge é acordado por uma luz brilhante no meio da noite:

– Zé, é você?

– Sou eu sim, Jorge.

– Então, Zé, tem futebol na vida eterna?

– Bem, tenho boas e más notícias do Além.

– Quais são as boas?

– Existe futebol na vida eterna e já formamos um time, o Fluminense.

– Ótimo, que bom. E quais são as más notícias?

– Te escalaram na ponta direita pro domingo que vem.

DE SEGUNDA

Joãozinho perguntou para Pedrinho:

– Pedrinho, para qual time você torce?

– Fluminense – respondeu Pedrinho.

– E na primeira divisão?

QUEIMA DE ESTOQUE

O torcedor do Flu entra em uma loja de material esportivo e vê expostas camisas de clubes de futebol do mundo inteiro, menos a do seu time.

Sem jeito, tenta puxar papo com o vendedor:

– Quanto custa a camisa do Vasco?

– Oitenta reais – respondeu o vendedor.

– E a do Botafogo?

– O mesmo preço.

– A do Flamengo também custa oitenta reais?

– Exatamente.

– Você não tem a camisa do Ibis, não?

– Claro. Fica naquela banca de "Queima de Estoque" ali no fundo da loja – informa o vendedor – e custa só sete reais. Promoção.

Satisfeito com a pechincha, o torcedor tira uma nota de dez reais do bolso, coloca no balcão e pede para embrulhar uma camisa.

Segundos depois, nota um certo ar sem jeito do vendedor:

– O senhor me desculpa, mas estou eu estou sem troco. Que tal uma camisa do Fluminense, para completar os dez reais?

BAMBI!

– Sabe qual o menor zoológico do mundo?
– A camisa do Fluminense! Cabe só um viadinho dentro.

ESPERTÍSSIMO

Depois de perder mais um pênalti, o cracaço tricolor Washington resolveu se explicar em casa:

– Foi o seguinte, meu bem: na hora de cobrar o pênalti o goleiro me dizia: "Se chutar na esquerda eu pego, se chutar na direita eu pego, se chutar no meio eu pego".

– E você fez o quê? – perguntou a mulher.

– Enganei ele!

– Enganou como?

– Eu chutei para fora, ora!

EXEMPLO

O Fluminense foi chamado pra fazer um amistoso na Etiópia. Sabem por quê?

Porque o presidente daquele país queria mostrar para os etíopes que havia coisa pior do que a fome.

DESLIGA ISTO!

– O que o tricolor faz depois de ganhar um título de campeão da Libertadores da América?

– Desliga o videogame e vai dormir.

MENTIRINHA

Um tricolor se dirigiu à atendente da casa lotérica :

– Olha, não tenho a menor idéia sobre quais números escolher para comprar um bilhete da Loteria Federal. Você poderia me ajudar?

– Claro, responde a moça. – Vamos lá. Durante quantos anos você freqüentou a escola?

– Oito.

– Perfeito, temos o algarismo 8.

– Quantos filhos você tem?

– Três.

– Ótimo, já temos um 8 e um 3. Quantos livros você já leu até hoje?

– Nove.

– Certo, temos um 8, um 3 e um 9. Quantas vezes por mês você faz amor com sua mulher?

– Caramba, isso é uma coisa muito pessoal - diz ele.

– Mas você não quer ganhar na loteria?

– Está bem. Duas vezes...

– Só??? Bom, deixa pra lá. Agora que já temos confiança um no outro, me diga: quantas vezes você já deu a bunda?

– Qual é a sua? – berra o tricolor. – Eu sou espada, minha amiga! Espada, pó-de-arroz e matador!

– Não fique chateado. Vamos considerar, então, zero vezes. Com isso já temos todos os números: 83920.

O tricolor comprou o bilhete que correspondia ao número escolhido.

No dia seguinte foi conferir o resultado. O bilhete premiado foi o de Nº 83921.

Cheio de raiva, comentou com os seus botões:

Puta que pariu! Por causa de uma mentirinha besta, eu não fiquei milionário!

10 x 10

O time do Fluminense é um time nota 10:
10 MORALIZADO
10 ESPERADO
10 ORGANIZADO
10 MOTIVADO
10 CLASSIFICADO
10 ACREDITADO
10 PREPARADO
10 EQUILIBRADO
10 ILUDIDO
10 ORIENTADO
TOTAL= 100
100 VERGONHA, 100 TÍTULO, 100 DINHEIRO ...
100 NADA.

FU... FU... FLU

Depois de uma rara vitória tricolor, o torcedor vai comemorar em Copacabana, no bar Bip-Bip. O cara era gago, mas nem um pouco complexado.

Entrou no bar, se aproximou do balcão, respirou fundo e pediu de uma vez:

– Me dá uma cerveja!

O dono do bar, Alfredo, botafoguense doente, só de sacanagem perguntou:

– Brahma, Antarctica, Kaiser ou Schinkariol?

E O gaguinho:

– A... A... A... Agora fu.. fu... deu!

ARQUIBA

O tricolor vai ao cartório registrar o nascimento de sua filha, e a atendente pergunta:

– Qual o nome?

– Arquibancada do Fluzão – responde ele, orgulhoso.

– Meu senhor, não posso registrar a criança com um nome assim!

– Por que não? Um amigo meu, também fanático por futebol, conseguiu dar um nome parecido para o filho, neste mesmo cartório!

– E qual o nome?

– Geraldo Vasco!

FAZ TEEEMMPOOO

Dois amigos, um flamenguista e um vascaíno, estão conversando quando um deles diz:

– Você sabe como eu identifico que um carro é muito velho?

– Não...

– É só olhar se nele tem um adesivo: "Fluzão Campeão".

SOCORRO

Enquanto ouvia pelo rádio o jogo do Fluminense pela Segundona, o tricolor bebia cerveja, comia amendoins e aproveitava para vigiar a filha, que namorava na varanda.

Lá pelas tantas ele sente uma coceira no ouvido e tem a genial idéia (tricolor é muito inteligente) de coçar o ouvido com um amendoim.

A coçada ia bem, até que a casca do amendoim quebrou e o caroço entalou no seu ouvido. Desesperado, tenta tirar o amendoim com o dedo, mas só empurra mais pra dentro. Grita por ajuda,.e aparecem na sala a mulher, a filha e o namorado dela.

Ninguém sabe o que fazer com o coroa, que continua com o amendoim entalado e gritando como um louco.

O namorado, também tricolor e querendo ganhar uns pontos com o sogrão, encontra uma solução:

– Calma, que eu dou um jeito! Quando era escoteiro, eu sempre socorria os amigos.

O rapaz mete dois dedos no nariz do sogro e diz:

– Fecha a boca e sopra pelo nariz com bastante força!

O sujeito faz o que o rapaz manda e eis que o amendoim sai voando do ouvido.

Encantada, a mulher diz para o marido:

– Viu que gracinha, esse rapaz? Tão calmo e tão controlado nas emergências! O que será que ele vai ser? Médico?

E o marido, com cara de poucos amigos, responde:

– Pelo cheiro dos dedos, vai ser nosso genro...

NÃO CUSTA NADA

Dizem as más línguas (principalmente de flamenguistas, botafoguenses e vascaínos) que o Fluminense vai lançar uma nova raspadinha:

Se você raspar e aparecer uma camisa do tricolor com uma faixa escrita "Campeão", você pode ir à padaria mais próxima das Laranjeiras e trocar por um sonho.

DENÚNCIA

Torcida organizada do tricolor reunida, na hora de passar pó-de-arroz um no outro, momentos antes do jogo.

Diz um:

– Sabia que aqui, em nossa torcida, tem um gay?

– Jura? Quem é ? – pergunta o outro.

E o machinho:

– Só conto se você me der um beijo na boca...

BOLA DIVIDIDA

DESCLASSIFICADOS

– Porque os tricolores não lêm jornais aos domingos?

– Porque domingo é dia de classificados.

A BANANA

Tricolor está indo ao Maraca, mas resolve comprar umas bananas na quitanda da esquina, pra ir comendo pelo caminho.

Comprou quatro e quando já tinha comido três, veio o ônibus. Pó-de-arroz então resolveu guardar a última no bolso da calça. Só que o ônibus estava cheio pra dedéu.

Com medo de amassar sua última bananinha, segura-a com força e segue a viagem, firme e forte, com a banana na mão. Até que lá pelas tantas um passageiro que viajava ao seu lado pergunta:

– O amigo vai descer neste ponto?

– Não, não. Vou descer no Maracanã.

– Então quer largar o meu peru, que eu vou descer na próxima parada?!

FRAQUEZA

Rogerinho era tricolor e filho de tricolor. Um dia seu Rogério vai passando na porta do quarto do garotão, quando ouve uns gemidos estranhos vindo lá de dentro.

Devagarzinho abre a porta do quarto e dá de cara com um flamengista, que era seu empregado, “traçando” o pó-de-arroz:

– Muito bonito, seu rubro-negro safado, comendo o meu filhotinho, não é?

E o flamenguista, sem graça:

– Desculpe, seu Rogério... Foi um momento de fraqueza...

– Ah, é?! Então você está pensado o quê? Que bunda de tricolor é fortificante?

OPÇÃO

Em um avião, viajavam um padre e um torcedor do Fluminense, um ao lado do outro.

A aeromoça ofereceu algo para o tricolor beber e ele não fez por menos:

– Eu quero um uísque duplo, com gelo – disse o pó-de-arroz, pois, como se sabe, eles costumam ser bastante espaçosos.

A aeromoça lhe serviu. E ao indagar ao padre se ele queria beber algo, a resposta foi direta:

– Eu prefiro mil vezes que um sujeito bem dotado me violente sexualmente do que colocar uma só gota desse veneno de álcool na boca!

Ao ouvir isso, o torcedor do Fluzão, rapidamente, se dirige à aeromoça:

– Por favor, será que eu poderia trocar a bebida por essa segunda opção?

RECEITA

Siga os passos para fazer um torcedor do Vasco:

Primeiro, pegue um palitinho de picolé e faça o corpinho.

Depois, quatro palitinhos de dentes, para fazer os bracinhos e as perninhas...

Por último, pegue um montinho de cocô e faça a cabeça.

Pronto! Está feito um torcedor do Vasco!

Mas, cuidado, nao coloque muito cocô na cabeça, senão vira um torcedor do Fluminense!

BICHANO

Estavam reunidos um flamenguista sádico,
um tricolor comum, um vascaíno assassino,
um botafoguense necrófilo,
um corintiano zoófilo e um palmeirense piromaníaco.

Estavam sentados num banco de jardim, dentro de um sanatório, sem saber como ocupar o tempo.

Diz o corintiano zoófilo:

– E aí, vamos transar com um gato?

Então diz o flamenguista sádico:

– Vamos transar com um gato e depois torturá-lo!

E diz o vascaíno assassino:

– Vamos transar com um gato, torturá-lo e depois matá-lo!

Diz o botafoguense necrófilo:

– Vamos transar com um gato,torturá-lo, matá-lo e depois transamos com ele outra vez!

E diz o palmeirense piromaníaco:

– Vamos transar com um gato, torturá-lo, matá-lo, transar com ele outra vez e atear-lhe fogo!

Segue-se um silêncio, todos olham para o tricolor e perguntam:

– E aí?

Ele vira a mãozinha, revira os olhinhos e diz:

– Miau!

ACORDO

Jogo duro pela segunda divisão, no tempo em que andou por lá. Durante a preleção, o técnico berra com a equipe tricolor:

– Atenção, todos vocês! O jogo é duro! É de vida ou morte! Marcação cerrada! É um homem contra outro! Coração na ponta da chuteira! É matar ou morrer!!!

– Um homem contra outro, professor? – pergunta aquele zagueirão.

– Claro – gritou o técnico. – Um homem contra o outro.

E falou o craque:

– Num dá pro senhor me mostrar qual é o homem que vai sobrar pra mim? Quem sabe, nós dois num chega num acordo?

LÁ LONGE!

– O que significa o time inteiro do Fluminense, disputando a segunda divisão (de onde nunca deveria ter saído), jogando em campinhos esburacados, bem longe do Rio?

– Paz no Maracanã!

RUBRO-NEGRO X TRICOLOR
(ALGUMAS DIFERENÇAS)

Rubro-negro com uniforme = Coronel

Tricolor com uniforme = Porteiro

Rubro-negro com arma = Praticante de tiro

Tricolor com arma = Assaltante

Rubro-negro fresco = Playboy

Tricolor fresco = Viado

Rubro-negro com maleta = Executivo

Tricolor com maleta = Office-boy

Rubro-negro com chofer = Milionário

Tricolor com chofer = Presidiário

Rubro-negro com sandálias = Turista

Tricolor com sandálias = Mendigo

Rubro-negro que come muito = Bem alimentado

Tricolor que come muito = Esfomeado

Rubro-negro lendo jornal = Intelectual

Tricolor lendo jornal = Desempregado

Rubro-negro se coçando = Alérgico

Tricolor se coçando = Sarnento

Rubro-negro correndo = Esportista

Tricolor correndo = Ladrão

Rubro-negro vestido de branco = Médico

Tricolor vestido de branco = Pai-de-santo

Rubro-negro pescando = Lazer

Tricolor pescando = Vagabundo

Rubro-negro subindo morro = Rapel

Tricolor subindo morro = Voltando para casa

Rubro-negro em restaurante = Cliente

Tricolor em restaurante = Garçom

Rubro-negro bem vestido = Executivo

Tricolor bem vestido = Estelionatário

Rubro-negro barrigudo = Bem-sucedido

Tricolor barrigudo = Com vermes

Rubro-negro de terno = Empresário

Tricolor de terno = Defunto ou estelionatário

Rubro-negro dirigindo = Proprietário de automóvel

Tricolor dirigindo = Chofer

Rubro-negro em loja = Vou levar

Tricolor em loja = Tentando aplicar golpe

Rubro-negro traído = Adultério

Tricolor traído = Corno

Rubro-negro coçando a cabeça = Pensativo

Tricolor coçando a cabeça = Piolhento

Rubro-negro parado na rua = Pedestre

Tricolor parado na rua = Suspeito

MATA? MORRE!

Dizem que o Fluminense tem sérias dificuldades de disputar competições no estilo mata-mata (o que ficou provado na Libertadores de 2008).

Preferem muito mais o estilo morre-morre.

É MENTIRA!

Um homem chega desesperado na delegacia e fala ao delegado:

– Doutor, eu matei o Conca!

– O argentino, jogador do Flu? E como foi isso?

– Passei com o carro por cima dele!

– Então o senhor não o matou, foi um acidente.

– Mas na tentativa de prestar socorro, eu dei marcha à ré e passei de novo por cima dele!

– O senhor ainda tentou prestar socorro? Em acidentes de trânsito, prestar socorro é atenuante.

– Mas, doutor, eu ainda peguei o corpo, joguei no porta-malas do carro e fiquei rodando com ele durante três horas, sem saber o que fazer!

– É comum. Quando nos envolvemos em acidentes de trânsito, ficamos atordoados mesmo.

– Mas, doutor, eu acabei enterrando ele num terreno baldio!

– Meu amigo, você fez muito bem! Deixar um corpo ser comido por urubus não é uma atitude muito cristã! Vá para casa e descanse.

– Mas doutor, enquanto eu o enterrava ele ficava gritando: "Estoy vivo! Estoy vivo, carajo! Vivo!"

– E você vai ficar dando atenção para argentino, e ainda por cima jogador do Fluminense? Não sabia que são todos uns mentirosos?

FOI ENGANO!

Dois pós-de-arroz viajaram para acompanhar um joguinho do seu time pela segunda divisão. Em Crato, Pajeú, Gavião, um buraco desses.

Depois do jogo, chegaram num hotel e pediram dois quartos:

– Tem apenas um e a cama é de casal!

Amigos de longa data, disseram que não teria problema.

No meio da noite, um percebeu movimentos seqüenciais no lençol.

Incomodado, perguntou ao outro:

– Tá fazendo o quê, mermão?

– Leva a mal não, cara. Mas estou me masturbando!

– Mas este pinto é meu!

– Caraca, Mané! Então é por isso que eu não gozo!

PRESENTE

Um desses machinhos da Organizada Flu morava com um tio, que já andava desconfiado do jeitinho meio pó-de-arroz do moleque. Era muito paetê pra pouco macho.

Um dia o "jovem" entra em casa todo nervoso, agitado, e fala para o tio:

– Pois é, tio... Amanhã é o aniversário do Sérgio Raymundo, lá da torcida organizada do Flu, e eu não sei o que vou dar pra ele...

– Ora, cara, dá um chinelo!

– Cruzes, tio! Logo um chinelo!? Ele merece coisa melhor...

– Então, dá uma gravata!

– Deus me livre! Uma gravata pra apertar aquele pescocinho lindo...

Aí, o tio não teve mais dúvida:

– Quer saber de uma coisa? Dá a bunda pra ele!

E o fanático:

–- Ah, tio... presente repetido?!

BOLA DIVIDIDA

CALOR

Atleta tricolor vai parar no Departamento Médico do clube, ardendo em febre.

O doutor puxa o termômetro e enfia na boca do craque. Depois, tira e confere.

– Como estou, doutor? – pergunta ele.

– Trinta e nove – diz o médico.

– E até quanto eu tenho que ir, pro nosso time não cair pra segundona?...

QUE COISA, HEIN?!

O jovem tricolor chega pro pai, todo alegre, e diz:

– Pai, perdi minha virgindade!!!

E o tricolorzão, todo orgulhoso:

– Pô, filhão, que legal! Senta aí pra contar pro papai com quem foi!!

– Ih, pai, pra sentar não dá, não.

– Por que, meu filho?

– Porque está doendo demais.

LUGAR VAZIO

Joguinho pela segundona, nas Laranjeiras. Arquibas cheias, torcedor encontra um lugar vazio, depois de muito procurar. Aí comenta com o pó-de-arroz fanático ao lado:

– Nossa, um jogão desses. Foi muita sorte encontrar este lugar vazio.

– Na verdade,esse lugar é meu – diz o sujeito. – É que eu e minha mulher vínhamos em todos os jogos do Fluminense desde que nós nos casamos, há quarenta anos. Mas agora ela morreu.

–E por que o senhor não deu o lugar dela prum parente ou conhecido?

– Ninguém quis. Estão todos no funeral.

MALDADE...

– Sabe como se colocam quatro triclores sentados em um banco?

– Vira o banco e senta um em cada perna.

JÁ GANHOU

Não sei se vocês sabem, mas uma das características do tricolor é o prazer na mentira. Eles são, quase sempre, muito mentirosos.

Daí que teve um concurso de mentiras, reunindo representantes de todas as torcidas cariocas. Quem contasse a maior das mentiras ganharia.

A primeira mentira a ser contada coube ao tricolor. E ele começou:

– No Fluminense uma vez teve um cracaço que...

Imediatamente, os jurados se levantam, aplaudindo:

– Muito bem, bravo, já ganhou!

10 SITUAÇÕES QUE DENUNCIAM UM TRICOLOR PÓ-DE-ARROZ

1. Diante de uma barata:
Homem: Ah, se eu não estivesse descalço.
Mulher: Socorro! Uma barata!
Tricolor: Alô!!! É do Corpo de Bombeiros?...

2. Diante de um belo homem:
Homem: É viado!
Mulher: É um deus!
Tricolor: É meu!

3. Diante de uma bela mulher:
Homem: Gostosa!
Mulher: Gorda!
Tricolor: Traveca!

4. Quando está amando:
Homem: Peça o que você quiser.
Mulher: Eu te amo.
Tricolor: Como você reagiria se, por acaso, soubesse que outro homem está gostando de você?

5. Ao ver uma partida de futebol:
Homem: Que golaço!
Mulher: Que saco!
Tricolor: Que pernas!

6. Quando são traídos:
Homem: Eu não gostava mesmo de você!
Mulher: Eu te odeio!
Tricolor: Que tal nós três?!

7. Quando estão com muito dinheiro:
Homem: Hoje vou sair com os amigos!
Mulher: Hoje eu vou ao shopping!
Tricolor: Hoje vou às Laranjeiras, arrumar um gato!

8. Quando vão ao cabeleireiro:
Homem: Corta!
Mulher: Apare só as pontas.
Tricolor: Quero igualzinho ao dela!

9. Quando acordam:
Homem: Estou com fome!
Mulher: Estou horrível!
Tricolor: Onde estou?

10. Quando estão no Maracanã:
Homem: FDP !!! Corno!!! Desgraçado!!! Juiz do C***** !! @#$%¨&*!
Mulher: Por que ninguém passa a bola para aquele que tá com o apito?
Tricolor: Sou tricolor de coração, sou do clube tantas vezes campeão...

SOLIDARIEDADE

Torcedores do Vasco, do Batafogo e do Flamengo estão juntos, torcendo muito pelo Fluminense, para que o time saia de uma vez por todas do buraco.

E caia num buraco um pouco maior.

DESABAFO

– A inveja é uma merda!
– Eu sei! Mas esse time do Fluminense é pior...

LUÍS PIMENTEL

Jornalista e escritor, com duas dezenas de livros publicados entre contos, poesia, infanto-juvenil e textos de humor. Trabalhou em diversas publicações do gênero, como O Pasquim, MAD, Ovelha Negra, revista Bundas e Opasquim21. Lançou em 2004 o livro de referência *Entre sem bater – o humor na imprensa brasileira* (Ediouro). Já recontou, entre outras, as *Piadas de sacanear advogado*, *Piadas de sacanear médico*, *Piadas de sacanear político* e *Piadas de sacanear botafoguense*.

AMORIM

Chargista de dezenas de jornais e revistas pelo país, já contraiu diversos prêmios nacionais e internacionais com seu trabalho. Mas nada que não tenha sido resolvido com um chazinho. É músico (toca campainha), ator (às vezes finge-se de morto) e empresário do *agribusiness* (publica toneladas de abobrinhas por safra) e nas horas vagas pratica exumação de cadáveres, só para tirar o corpo fora e não se comprometer com tudo isso que aí está.

CARACTERÍSTICAS DESTE LIVRO:

Formato: 12 x 17 cm

Mancha: 9 x 14 cm

Tipologia: Humanst

Papel: Ofsete 90g/m² (miolo)

Cartão Supremo 250g/m² (capa)

Impressão: Sermograf

1ª edição: 2008